ストレイランドからの脱出《だっしゅつ》

倉島知恵理
Chieri Kurashima

文芸社

目次

プロローグ　そして、僕《ぼく》は迷子になった！

　夏休みは、もう半分以上過ぎてしまった。終業式の日には、７月のうちに宿題をすませようと思ったのだけど…。５年生になると、その量も半端《はんぱ》じゃない。なんとなく一日延《の》ばしにしているうちに、今日になってしまったのだ。何をしたいのか自分でも分からないくらい暇《ひま》なのに、何もしたくない。僕はベッドに寝転《ねころ》んで天井《てんじょう》を見つめた。仲のいい啓介《けいすけ》は静岡のおばあちゃんのところに行って留守だし、俊《しゅん》は両親とオーストラリア旅行中だ。そんな友達を別段羨《べつだんうらや》ましいとは思わないけど、僕はさいたま市の片隅《かたすみ》でこうしてくすぶっている。

「友宏《ともひろ》さん、どうして返事しないの？」

　振《ふ》り向くと、開けっ放しのドアのところに母さんが腕組《うでぐ》みをして立っていた。「さん」付けで僕の名前を呼ぶのは機嫌《きげん》が悪い証拠《しょうこ》だ。

「ごめんなさい。聞こえなかったんだ」

起き上がると、母さんは勉強机の椅子《いす》を引き出して座った。楽しくない話をするときの態勢《たいせい》。

「あらそうなの。ところで、この前話した塾《じゅく》のことだけど、駅の反対側に新しくできたSP塾の方がハイレベルなんですって。体験学習と見学をまだ受け付けているから、来週行ってみない？」

「エーッ」

「それってイエスなの、ノーなの？　はっきりしてよ。とにかくもうすぐお昼だから、早く降りてきて朝ごはん食べちゃって。いいわね！」

そのとき下で電話が鳴った。母さんは僕の部屋から出て行き、僕はまた天井を見上げた。下から電話に出る母さんの声が聞こえてきた。

「ハイ、もしもし…どなた様ですか？　…どちらにおかけですか？

…もしもし…もしもーし…変ね…切りますよっ」

ガチャンと受話器を戻《もど》す音がしたので、僕は2階から大きな声で言った。

「誰《だれ》からだったの？」

「間違《まちが》え電話。だけど、無言のままで、切らないのよ。いたずらかしら、気持ち悪いな。あなたは早く降りてらっしゃい」

「はいはい」

僕はベッドから降りて、部屋から出るためにドアを開けた。そう、ドアを開けたのだ。そのドアはずっと開けっ放しで、母さんもそのまま部屋を出て行った。つまり、ドアは開いていたはずなのに、僕はドアを開けた。

しゃべる犬、カーム

　僕は『あれっ？』と思った瞬間《しゅんかん》、すでに落ちていた。そして、どこまでも果てしなく落ち続けた。いや、どの方向が上なのか分からないので、飛んでいたのかも知れない。巨大《きょだい》な万華鏡《まんげきょう》の中に迷い込んだ蟻《あり》のような気分だった。見たこともない色や形の洪水《こうずい》が僕を襲《おそ》った。その渦《うず》の中に家族や友達の顔が見えたような、声が聞こえてきたような気もする。

　やがて回転が止み、僕は草原に寝転んで満天の星空を見上げていた。優しい虫の音が耳に心地良く、僕はそのまま眠《ねむ》りに落ちた。これは夢に違《ちが》いない。目が覚めたら、母さんが怒り出さないうちにキッチンに行って朝食を食べなくちゃ…。

どのくらい眠ったのだろう。僕は目を開けた。昼間になっていた。青空がどこまでも広がり、草原を渡《わた》る風が気持ちよく頬《ほお》を撫《な》でていった。『不思議の国のアリス』ではアリスが目を覚ますと元に戻っていたはずなのに、僕はまだ草原にいた。変だな。ここは何処《どこ》なのだろう？　僕は何故《なぜ》ここにいるのだろう？　パニックの波が徐々《じょじょ》に押し寄せて、僕は鳥肌《とりはだ》が立った。

そのとき、ブーンと蜂《はち》の羽音のようなものが耳に飛び込んできた。『あっ』と思って首をすくめると、そいつは僕の目の前で宙に浮《う》いたまま止まった。今までに見たことのない竹とんぼの柄《え》の下に10円玉くらいの目玉が一つ付いていて、そいつが僕を睨《にら》んでいた。僕は頭の中が真っ白になり、口を開けたまま、そいつを見ていた。やがて、その目玉付き竹とんぼは一度瞬《まばた》きをして飛び去った。周りを見回すと、同じようなやつが蜜蜂《みつばち》のように飛び交《か》っていた。

『そいつはただの見張りだ。刺《さ》したりしないから、心配いらないよ、坊《ぼう》や』

振り返ると、一匹《いっぴき》の柴犬《しばいぬ》が僕の隣《となり》に座っていた。時計を持ったウサギじゃなくてしゃべる犬だ！　するとその犬は続けて言った。

『そんなに驚《おどろ》くなよ、坊や。俺《おれ》はしゃべりゃしないさ。お前さんの心に話してんのよ。この国では誰も声を持っていない。坊やもここに来る途中《とちゅう》で声をなくしちまったよ』

そんなばかな…と言おうとして、僕は初めて声が出ないことに気が付いた。夢の中で、どんなに大声を出して助けを呼ぼうとしてもヒューヒューと息しか出てこないときのような、不思議な絶望感《ぜつぼうかん》に襲われた。そして、『ああっ、どうしよう…』と、心の中で叫《さけ》んだ。するとさっきの犬が顔を上げた。

『ストレイランドにようこそ。俺の名前はカーム。ところで坊やの名前は何と言うんだい？　頭の中に強く思えばいい。そうすれば伝わるから』

『ストレイランド？　僕は…友宏…ここは何処《どこ》？』

『なかなか上手《じょうず》にできるじゃないか。子供《こども》は心がきれいだから、すぐ話せるようになるが、大人《おとな》は心で対話《たいわ》するのが苦手な奴《やつ》が多いんだ。なんたって嘘《うそ》が言えないからな、はっはっ。トモヒロか、よろしくな』

そのとき、遠くの空が急に黒くなってそこに稲妻《いなずま》のような裂《さ》け目ができた。しかし、その亀裂《きれつ》はすぐに消えて、青空に戻った。しばらく見ていると、別の方角《ほうがく》でも同じようなことが起こっていた。

『時々あんなふうに次元を超えて、この国の扉《とびら》が開くんだ。でも、いつ何処に開くのか誰も知らない。昨夜はこの草原に裂け目ができて、トモヒロ、お前さんがやって来たというわけだ。おっと、見張りが来たぞ！』

そう言い終えると、カームはただの犬になった。そして、目玉付き竹とんぼが飛び去ると再び話し出した。

『あの目玉は、この国の住民同士が交《か》わす心の会話を見張っているんだ。なぜそんなことをするのか俺の頭じゃ分からないが、相手の気持ちを理解しようとする者つまり助け合おうとする者は、見張りに見つかると何処かへ連れて行かれちまう。ここじゃ時間というものがないからはっきりとは言えないが、俺の知る限り連れて行かれた者はそれっきりよ。だからみんな怖《こわ》がって、対話しようとしないのだ。誰だって自分の身が大切なのさ』

『ねえ、カーム。お話中悪いのだけど、僕そろそろ家に帰りたいんだ。僕がいなくなって家族も心配しているだろうし。帰り方を教えてくれないか？』

僕が言うとカームは可笑《おか》しそうに笑った。辺りは少しずつ暗くなってきて、丘《おか》の彼方《かなた》に小さな町の灯《ひ》が見え始めた。町まで行けば何とかなるだろう。カームはまだ笑っていた。僕は少し腹が立ってきて言った。

『もういいよ。僕、町に行って助けてもらうから』

『いや、いや、悪かったな、トモヒロ。俺はその話をしているつもりだったんだがね。君の家族は全然《ぜんぜん》心配していないよ。なぜならトモヒロはここへ来る前と同じようにいつもどおりの生活をしているからさ。このストレイランドに迷い込んだのは君の心のひとかけらだけだ、身体《からだ》や精神の大部分は君が今までいた世界にそのまま生きている。分かるかい？　つまり、今俺の目の前にいるトモヒロは本物のトモヒロのどうでもいい忘れ物みたいなものなんだな。だから帰らなくてもいいんだよ。その必要はないということさ』

C.K.

ポーレット

『いやだ！　僕は絶対帰りたい。とにかく町に行ってみる。さよなら、カーム』

『そうかい。まあいいさ。考えてみれば、俺も昔はそんな気持ちだったかも知れないな。町は結構《けっこう》遠いから送ってやるよ、トモヒロ』

立ち上がって、数歩踏《ふ》み出したところで僕は何気《なにげ》なく言った。

『ねえ、カーム。みんな自分の身を守るために心を閉ざして対話しないと言っていたけれど、カームはどうして僕の世話をやくの？』

するとカームはまた可笑しそうに笑った。

『いい質問だ。実は俺にもよく分からない。たぶん俺がおしゃべりでにぎやかなのが好きだからだろうな。一人ぼっちは嫌いなのよ』

それからカームは眼差《まなざ》しを遠くに向けて続けた。

『俺は飼い主の爺様《じいさま》が大好きだった。爺様は足が悪くて俺と一緒《いっしょ》に外を走ることはできなかったけど、いつも俺の帰りを待っていてくれた。ある日、爺様は白い車に乗せられて何処かに行っちまった。その車は大きな赤いランプが付いていて、ひどく耳障《みみざわ》りな音を出していたよ。俺はその車を必死で追いかけたが、見失ってしまった。その後、俺は狂《くる》ったように走り回って爺様を探しているうちに、水溜《みずたま》りみたいな穴に落ちて、気が付いたらここにいたというわけだ』

そのとき、僕とカームの心に女の子の声が飛び込んできた。

『やめて！　あっちへ行ってよ！』

僕たちはその悲鳴《ひめい》の主を探した。すると僕たちのいた丘の反対側の斜面に一人の女の子を見つけた。彼女の頭の周りに例の目玉付き竹とんぼがブンブン飛び回っていた。その子は金髪《きんぱつ》の巻《ま》き毛で肌《はだ》が透《す》き通るように白く、大きな青い目をしていた。そして子供の頃の母さんが写《うつ》った写真で見たような、ちょうちん袖《そで》の水色のワンピースを着ていた。僕はとっさに足元に落ちていた小枝《こえだ》を竹とんぼめがけて投げつけた。命中はしなかったけど、そいつは飛び去った。

『あの子の心に話しかけてやらないのかい？』と、カームが言った。

『だって僕、英語しゃべれないもん』

『はっ、はっ、はっ、馬鹿《ばか》だな、トモヒロ。言葉の種類は問題じゃないの。第一、君はこうして犬とだって話せるんだぜ』

そしてカームは女の子の方を向いて言った。

『おーい、お嬢《じょう》さん大丈夫《だいじょうぶ》かい？』

女の子はこちらを向いた。髪の毛が風に揺《ゆ》れてきらきらと輝《かがや》いていた。とても可愛《かわい》い子だ。

『ありがとう。私は大丈夫。こんなふうに話しかけてもらえたのはすごく久しぶりのような気がするわ。一人ぼっちじゃないって、こんなに嬉《うれ》しいものなのね』

そう言って彼女は微笑《ほほえ》んだ。笑顔はもっと可愛いので、僕はなんだかドキドキした。

『僕はトモヒロ、これは友達のカーム。君の名前は？』

『ポーレット、古めかしい名前だけど、おばあちゃんの好きだった女優《じょゆう》さんの名前なんですって』

『年はいくつなの？』

『あら、女性に年を聞くのは失礼よ。でも教えてあげる。13歳』

『それなら姉さんと同じ年だ。僕は10歳、もうすぐ誕生日《たんじょうび》だけどね。さっきの見張りは、ポーレットを捕《つか》まえにきたの？』

『よく分からない。あなたたちに出会う前に何人かの人とすれ違ったけど、私が話しかけようとすると、みんな逃《に》げるように通り過ぎて行ったわ。でも一人だけ、この国の支配者《しはいしゃ》デスティニーに捕まらないようにって忠告《ちゅうこく》してくれたの』

『そいつのことなら俺も聞いたことがあるよ。そうか、見張りに捕まった奴はそのデスティニーとやらのところに連れて行かれるのかもな』

カームがしたり顔で言うと、ポーレットはうなずきながら続けた。

『デスティニーはあの町の何処かにいて、すべてを支配しているけど、その姿を見た者はいないのですって』

僕の頭の中に赤く燃える目を持った真っ黒な巨体《きょたい》の、怪物《かいぶつ》のようなイメージが膨《ふく》らんだ。けれども、同時にそいつなら僕の帰り方を知っているかも知れないという考えも浮かんだ。カームは必要ないと言っていたけれど、僕はやっぱり帰りたかった。そして、二人に向かって言った。

『とにかく町まで行ってみよう』

C.K.

支配者《しはいしゃ》デスティニー

僕らが町に着いた時、辺りはすっかり暗くなっていた。遠くから見ている時は普通《ふつう》の町のように思えたのだけど、近づいて見るとなんだか奇妙《きみょう》な感じがした。衣料品屋、靴《くつ》屋、雑貨《ざっか》屋、肉屋、八百屋、お菓子《かし》屋…色々な店にきちんと商品が並び、明るく照明されていた。でも店に比べて道路は暗く、行き交う人たちは影《かげ》のようで顔も分からない。そして、空っぽのレストランを見た時、僕はなぜ変な感じがするのかやっと分かった。どの店にも店員らしき人が全然見あたらないし、買い物をしているお客さんもいない。その時ポーレットが言った。

『不思議な町ね。懐《なつ》かしいような気がするけれど、全部嘘《うそ》みたいで…中途半端《ちゅうとはんぱ》なおままごとみたいだわ』

僕はうなずきながら振り向いて凍《こお》りついた。カームが通行人に次々飛びついて、クンクン鼻をぴくつかせている。その背中に何百もの目玉付き竹とんぼが群がっていた。僕の心は慌《あわ》てて叫んだ。

『カーム止めるんだ。逃げろ！』

『爺様の匂《にお》いがしたんだよ、トモヒロ！　爺様、爺様何処なんだ！　俺を置いていかないでくれ！』

『逃げるんだ、カーム！　捕まっちゃうよ』

僕は竹とんぼの群れに飛び込んでカームを抱《だ》きかかえた。でも息ができないくらいびっしり目玉付き竹とんぼに取り囲まれて、目の前が真っ暗になった。

『ああっ、だめかも知れない…』

僕は諦《あきら》めて身体の力を抜き、目を閉じた。

再び目を開くと、僕は真っ白な部屋に立っていた。広くてすごく天井が高い部屋だ。でも、窓が一つもなかった。正面に大きな背もたれのついた椅子があり、男が一人座っていた。その椅子の遥《はる》か後方からまぶしい光が僕の顔を照らしていた。逆光のため男の顔や表情を見ることはできなかったけれど、男はとても痩《や》せていて、若くはないが年寄りでもないようだった。僕は自分に向けられている鋭《するど》い視線を感じた。男の沈黙《ちんもく》に押しつぶされそうな恐怖感が全身を駆《か》けぬけた。

『トモヒロ、お前はなぜ私のところに連れてこられたか分かっているか？』

僕の心に男の声が静かに流れてきた。名手が奏《かな》でるチェロの音色のような響《ひび》きだった。想像していた怪物とはまるで違っていたけれど、僕はこの男がデスティニーだと直感した。

『カームを何処へやったんだ？』

『あの犬は無事だ。心配ない。女の子と一緒に町にいる。ところで、そろそろお前を元の世界に戻してやろうと思うが、どうだ？』

悪人だと思っていたデスティニーからいきなりそう言われて、僕は戸惑《とまど》って尋《たず》ねた。

『あなたはこの国の支配者で、助け合おうとする者たちを連れ去ってしまうと聞いている。それなのに僕には帰らせてくれると言う。どっちを信じたらいいのか分からない』

『どうやら少し誤解があるようだな。私の仕事は、このまま失われてしまうのが残念と思われる者たちを探し出して元の世界に帰すことだ。お前には無くしてしまうには惜《お》しい優しさと強さがある。だからこうして連れてきたのだ。帰りたくはないのかね？』

男が僕の後ろを指差したので僕は振り返った。すると突然、後ろの壁《かべ》に大きな窓が浮かび上がり、その向こうにキッチンで食器を洗っている母さんの姿が見えた。僕は思わずその窓に数歩近づいた。頭の中が帰りたい気持ちでいっぱいになった。僕は男に言った。

『カームとポーレットも一緒に行かせてくれますか？』

しかし、男は首を横に振って言った。

『それはできない。あの犬は元の世界ではすでにその一生を終えている。帰るべき身体が無いのだ。それから女の子のほうは本人が帰ることを望んでいない』

『カームは僕がずっと世話をするし、ポーレットが帰りたがっていないなんて信じられない。二人を残して僕だけ帰るなんて…僕はいやだ！』

『トモヒロ、一度《ひとたび》この部屋から出て、町に戻ってしまったら、私はお前を元の世界に送り返すことができなくなるが、それでもお前は二人のところへ戻ると言うのか？』

僕は何と返事をするべきか迷った。母さんが抱きしめてくれた時の温《ぬく》もり、父さんが僕を男としてあつかってくれた時の誇《ほこ》らしさ…思い出が映画の予告編のように頭の中を廻《めぐ》って…気持ちがぐらぐらと振り子のように大きく揺れていた。でも僕は言った。

『二人とも大切な友達なんです。僕は自分だけ逃げ出すことはできません』

『そうか。ならば行くがいい。運命の番人としての私の仕事はここまでだが、自力で次元の扉を開ける方法が一つだけある。お前の持っているエネルギーのすべてをある一点に集中したとき、お前のすぐ近くに次元の裂け目ができるはずだ。そこを通り抜ければ、来た時と同じように元の世界に帰れる。ただし、裂け目はごく僅《わず》かな時間しか開いていないし、通れるのは一人だけだ。よいな。さらばだ、トモヒロ』

僕には男が微笑《ほほえ》んでいるように見えた。そして、これでよかったのかなあと思いながら目を閉じた。

ストレイランドからの脱出《だっしゅつ》

目を覚ますと僕は町の広場のようなところにいた。昼間になっていて、カームとポーレットが僕の顔を覗《のぞ》き込んでいた。そして二人のはしゃいだ声が僕の心に響いた。

『デスティニーのところから無事に戻って来るとは、トモヒロ、君は本当にすごい奴だ！』

『ああ、よかった。もう会えないかと思ったわ。でも、これからあなたはどうするの？』

そう言いながらポーレットは僕の頬を優しく撫でた。その手は柔《やわ》らかく、石鹸《せっけん》のようないい匂いがした。僕は頭の中の情報を整理しながら、二人にデスティニーと僕が話し合った内容を伝えた。でも、カームの命がもう終わっていることには触《ふ》れないように努めた。

『だから三人で頑張《がんば》って、元の世界に帰ろうよ』

こう付け加えて僕は話を終えた。ポーレットが悲しそうな顔になって話し始めた。

『デスティニーが言っていたことは本当よ。私、この国に来る前は、ずーっと長い間、暗い箱の中に閉じ込められていたの。一人ぼっちで、とても寂《さび》しくて苦しかったわ。だから、私は帰りたくない。でも、トモヒロが帰るのは助けてあげたいと思うの。あなたのことが大好きだから…あなたの望みをかなえてあげたい』

『さてと、ここにじっとしていてもいいことは起こりそうにないから、出かけるとしようぜ。それにしてもトモヒロはどうやって帰るつもりなんだ？　君のエネルギーとやらをいったい何の一点に集中しようってんだい？』

立ち上がりながらカームがのんびりした口調で言った。そして、

『俺もトモヒロが好きだよ。君が帰るのを手伝わせてくれ』と付け加えた。

僕は、方法はまだ分からないけどみんなで帰ろうよとサインを送ったが、二人とも曖昧《あいまい》にうなずいただけだった。穏《おだ》やかな日差しの中を三人はゆっくり歩いて行った。家並みがカレンダーで見た写真に似ているとか、花の名前とか、雲の形が何に見えるとか…話しているうちに三人で散歩しているような楽しい気分になった。ふと、このまま彷《さま》徨《よ》っているのもいいかなと思った時、僕たちは町外れに来ていた。レンガの道はそこでぷっつり途絶《とだ》え、その先は何処までも続く草原だった。

レンガの道が終わったところに電話ボックスがあった。ボックスと言ってもドアは無く、プラスチックのような透明《とうめい》の三つの壁で囲まれたごく普通のありふれた電話のようだった。おどけた話で僕たちを笑わせていたカームが言った。

『おい、電話があるぞ。おかしなことがあるもんだ。誰も声を持ってないのにな。何かの冗談《じょうだん》かな?』

僕も最初はカームと一緒に笑っていたけれど、その電話ボックスが気になってしかたがなかった。どうしてだろう? 記憶《きおく》の片隅《かたすみ》の何かが引っかかって、僕は立ち止まり、つないでいたポーレットの手をぎゅっと握《にぎ》った。彼女《かのじょ》は驚《おどろ》いた様子で僕の目を見つめた。そして、何かを察したように僕の手を離《はな》し、電話ボックスの脇《わき》に立ち、『行ってらっしゃい』とうなずいた。

それは、よく見るとすごく変な電話だった。電話機そのものがガラスのように透明で、中の部品が全く無くて、数字のボタンもダイヤルも付いていていない。

『なーんだ。やっぱり玩具《おもちゃ》みたいな嘘の電話だ。これじゃあ、どこにもかけられな…』

　そう言いかけた僕は次の言葉を失くした。電話が虹色《にじいろ》に光り始めたのだ。ポーレットは壁の向こう側から心配そうにこちらを見ている。カームは僕の足元で珍《めずら》しく無口になっていた。僕は一つ深く息をついて、光る受話器を取り上げ、耳にあてた。トルルル、トルルルと呼び出し音が聞こえてきた。僕の心臓はジャンプし過ぎて脳の中に飛び込んでしまったかと思うほどに、頭の中がドキドキ音でいっぱいになった。

「ハイ、もしもし…どなた様ですか？　…」

　母さんの声だ！　僕の母さんの声が聞こえる！

『ああっ、母さん、僕だよ、母さん』

「どちらにおかけですか？　…もしもし…」

『母さん、僕だよ、声が出ないいんだよ。母さん助けて！　僕を助けて！』

「もしもーし…変ね…切りますよっ」

僕ははっとした。あの時の無言電話は僕からだったんだ。

『お願いだから、切らないで！　母さーん！　母さん、母さん、母さん助けて！』

声にならない声で、ありったけの力を搾《しぼ》り出して僕は叫び続け、とうとう心の中が空っぽになった。

あふれ出た涙が頬を流れ、顎《あご》を濡《ぬ》らして僕の足元にポツリポツリと落ちた。

『トモヒロ、見ろ！次元の扉が開くぞ！』

足元にいたカームが叫んだ。慌てて下を見ると、僕の涙が落ちたところから地面が真っ黒になり、ゆっくりと裂け目ができるところだった。僕はポーレットに向かって手を伸ばした。一緒に行こうと言いたかったのだ。でも彼女は首を横に振って、透明な壁に白い手のひらを押し付けた。僕は自分の手を壁のこちら側から合わせた。一瞬《いっしゅん》だけ彼女の手に触れたような感じがして、『さよなら』という言葉が浮かんで消えた。

裂け目は一人が通れるくらいの穴になり、その下に奇妙な色や形が巨大な渦をつくっているのが見えた。きっと今が最大になっているのだろう。僕はカームに向かって言った。

『カーム、僕が抱《かか》えてあげるから行こう』

ところが、カームはこちらへ来ようとしなかった。そして、一歩さがって言った。

『トモヒロ、俺は行かないよ。もういいんだ。分かっているよ。俺、本当は死んでいるのだろう？』

裂け目は少しずつ狭《せば》まり始めていた。

『そんなこと、どうでもいいさ。僕がずっと君の面倒《めんどう》を見るから。カーム、一緒にいて欲しいんだよ。さあ、行こう！』

僕は右手をカームの首に回そうとした。するとカームは野良犬が威《い》嚇《かく》するように鼻にしわを寄せて歯牙をむき出した。そして、いきなり僕の手を噛《か》んだ。

僕はショックと痛みでバランスを崩《くず》し、つまずいて落ちるような格好で次元の裂け目に一人で飛び込んだ。最後に、カームの声を聞いたような気がする。

『さよなら、トモヒロ。君は最高の友達だ』

C.K.

「カーム、君のこと忘れないよ」

僕は声に出してつぶやいた。自分の声を久しぶりに聞いたような気がした。目を開けるとそれは紛《まぎ》れも無く僕の部屋の見慣れた天井だった。僕は起き上がってベッドに腰掛《こしか》けた。下から母さんの声が聞こえた。

「友宏さん、いい加減《かげん》にしないと、朝ごはん片付けちゃうわよ」

「今行く！」

僕はダッシュでキッチンに向かった。

「ねえ、今変な電話あったでしょ？」

僕の質問に母さんはあっさり言った。

「なに寝ぼけているの。電話なんてどこからもかかってこないわよ」

そうなのか。すべて夢の中の出来事だったのか…と、僕はぼんやり考えながらも自分の家に帰れたことが嬉しくて、思わず食器を洗っているｍ母さんの背中に抱きついた。

「びっくりさせないで。友宏は小さい頃、よく私の腰にしがみついていたけど、いつの間にか肩の高さになったのね」

そして、笑いながら濡れた手をタオルで拭《ふ》き、僕の手を優しくとんとんとたたいた。その時、僕は右手に軽い痛みを感じ、手を引いた。

母さんは心配そうに僕の手を覗き込んだ。右手の親指の付け根に、小豆《あずき》ほどの大きさのあざができていた。

「どうしたの？　犬にでも噛まれたような痕《あと》みたいだけど…」

「たぶんぶつけたんだと思う。大したことないよ」

そう答えながら僕はカームのことを思い出していた。

玄関《げんかん》の開く音がして、姉さんが部活の荷物を持ったままキッチンに現れた。

「ただいまー。お腹すいた。あれ、どうしたの？　母子で手なんかにぎりあっちゃって」

それから、僕の朝食がまだテーブルにあるのを発見すると、立ったままぱくつきながら言った。

「ラッキー、いただきまーす。あのさ、テニス部の鈴木先輩《せんぱい》のうちの柴犬に赤ちゃんが生まれて、オス一匹ちょっと顔が不細工《ぶさいく》で売れ残っているそうなの。タダでいいっていう話だから貰《もら》っていい？」

「そう言われてもタダというわけにはいかないわよ。めぐみさん、食べるなら座ってくださいね。ペットショップで買うことを考えれば、それなりのお礼をしなくちゃ。それにいったい誰が世話するの？」

母さんのこの質問に、姉さんより僕が先に答えた。

「僕が世話するよ。それから僕の誕生日プレゼントのためのお金を使えばいいじゃないか。ね、ね、いいでしょ？　僕が一生面倒見るよ！」

母さんと姉さんは僕があまりに真剣《しんけん》だったので、しばらく唖然《あぜん》としていた。それから母さんが笑いながら言った。

「お父さんが帰ったら相談しなくちゃね」

僕と姉さんはこれで決まりとＶサインを出し合った。父さんは大の犬好きなのだ。姉さんは僕の肘《ひじ》を突いて言った。

「名前、考えなくちゃね」

僕は胸を張って答えた。

「名前、もう決まっているんだ」

エピローグ　大切なもの

それは9月はじめの土曜日の夕方だった。僕は蜩《ひぐらし》の声を聞きながら、塾の宿題と格闘《かくとう》していた。玄関の段ボール箱の中で、仔犬《こいぬ》のカームがクンクンと鼻を鳴らして僕を呼んでいた。まだ分かってはくれないだろうけど、僕は『後で遊んであげるから待っていてね』と心で呼びかけた。

隣の姉さんの部屋では、さっきから母さんと姉さんが押入《おしい》れを整理するとかで、大騒《おおさわ》ぎをしていた。押入れの中のいらなくなった物を処分して、日に日に増える姉さんの洋服をしまう場所を作るのだ。

「ねえ友宏、ちょっと来てよ」

姉さんに呼ばれて、僕は喜んで飛んで行った。実は宿題が苦痛になってきたところだった。

「これ、友宏のでしょ、何とかしてよ。いらないなら捨てちゃうけど…」

姉さんの足元に仮面ライダーやポケモンの玩具が転がっていた。僕は内心『なーんだ、つまんない』と思ったが、姉さんは怒《おこ》ると怖いので、とりあえず「うん、分かった」と言っておいた。その時、押入れに頭を突っ込んでいた母さんが大きな声を上げた。

「あった！　こんなところにしまってあったんだわ」

こちらに向き直った母さんの両手に、ほこりまみれになった人形の箱がのっていた。

「この人形はね、お父さんが初めて海外出張した時に、めぐみのためにニューヨークで買ってきてくれたのよ。だけど、めぐみはこの人形を見たらなぜか怖がって泣いちゃってね。たしか2歳ぐらいだったから、こんなにリアルに作られた人形で遊ぶには、まだ小さすぎたのかも知れないな。お父さんはすごくがっかりしたのよ。そのままどこかにしまって、それっきりになっていたの。見つかってよかった。ほら、新しいときのままだわ」

そう言いながら、母さんは箱の蓋《ふた》を開けた。それは、とても可愛い人形だった。金髪の巻き毛で、大きな青い目をしていた。そして、ちょうちん袖の水色のワンピースを着ていた。もう一度、箱の蓋を見るとそこには、Paulette（ポーレット）と印刷されていた。

僕は喉の奥が締め付けられたような、こみ上げて来る何かにどうしようもなく胸が痛くなるような感情に襲われた。姉さんが僕の顔を見て、可笑しそうに言った。

「どうかしたの？　初恋の人にめぐり逢った純情少年みたいな顔してるよ、友宏」

上手《うま》く説明できないけれど、これが「せつない」という気持ちなのだろうか？　僕は変に思われそうだったので、姉さんにも母さんにも「今すぐ箱からだしてあげて！」とは言えなかったけど、二人が「とても素敵《すてき》な人形だから、リビングに飾ってあげよう」と相談しているのを聞いて、すごくホッとした。

その夜、みんなが寝静《ねしず》まったのを確かめて、僕はリビングに行った。窓から差し込む月明《つきあ》かりの中、ピアノの上にポーレットは座っていた。僕はその前に立って、心に思った。

『お帰り、ポーレット。安心して、君はもう一人ぼっちじゃないよ。僕、ポーレットとカームに出会って、大人になったような気がする。君たちは、これからもずっと僕の大切な友達だよ。僕ね、一生懸命《いっしょうけんめい》頑張って生きていくから、ずっと見ていてね』

僕はしばらくそこにたたずんでいた。でも、ポーレットは人形のままだった。何かを期待したわけじゃないけれど、何も起こらなかったことに少し寂しさを感じた。そして、ゆっくりベッドに戻って眠りについた。

『おやすみ、いつまでも大好きだよ』

著者プロフィール

倉島 知恵理（くらしま ちえり）

1955年生まれ。歯科医師、歯学博士。専門は免疫病理学。15年間の研究職兼病院病理勤務の後、木版画工房 Studio C 開設、現在に至る。埼玉県在住。

ストレイランドからの脱出《だっしゅつ》

2007年５月15日　初版第１刷発行

著　者　倉島 知恵理
発行者　瓜谷 綱延
発行所　株式会社文芸社
〒160-0022　東京都新宿区新宿1－10－1
電話　03-5369-3060（編集）
03-5369-2299（販売）

印刷所　東銀座印刷出版株式会社

ISBN978-4-286-02778-4